26 Décembre 1879

TAPISSERIES D'AUBUSSON

Panneaux, Portières, Cantonnières

Meubles, Écrans

PEINTURES DÉCORATIVES

ET

DESSUS DE PORTES

V⁰ˢ RENOU, MAULDE et COCK

IMPRIMEURS DE LA COMPAGNIE DES COMMISSAIRES-PRISEURS

Rue de Rivoli, 144

CATALOGUE

DE BELLES

TAPISSERIES

A Personnages, à Sujets et à Fleurs

DE L'ANCIENNE

MANUFACTURE D'AUBUSSON

Panneaux, Portières, Cantonnières, Lambrequins, Fauteuils, Chaises
Tapis de table, Écrans

PEINTURES ET TABLEAUX ANCIENS

Ayant servi de modèles pour l'exécution des Tapisseries

DONT LA VENTE AUX ENCHÈRES PUBLIQUES AURA LIEU

PAR SUITE DE CESSATION DE COMMERCE

En vertu d'une autorisation du Tribunal de commerce de la Seine

ET EN PRÉSENCE DE M. VIDAL, Avocat-Liquidateur a Paris
Rue de Richelieu, 103

HOTEL DROUOT, SALLE N° 2

Les Vendredi 26 et Samedi 27 Décembre 1879

A DEUX HEURES PRÉCISES

Par le ministère de Me **BAUDRY**, Commissaire-Priseur,
rue Saint-Georges, 24,
Assisté de **M. GEORGE**, Expert, rue Laffitte, 12.
CHEZ LESQUELS SE DISTRIBUENT LES CATALOGUES.

EXPOSITION PUBLIQUE

Le Jeudi 25 Décembre 1879, de deux heures à cinq heures

PARIS — 1879

CONDITIONS DE LA VENTE

—

Elle sera faite expressément au comptant.

Les Adjudicataires paieront CINQ POUR CENT, en sus des enchères, applicables aux frais.

L'Exposition mettant le Public à même de se rendre compte des Objets, aucune réclamation ne sera admise après l'adjudication.

NOTA. — Les Panneaux de tapisserie ne seront vendus que le Samedi 27 Décembre.

DÉSIGNATION

PANNEAUX EN TAPISSERIE D'AUBUSSON

1 — **PANNEAU MYTHOLOGIQUE.** *Enlèvement d'Endymion*, d'après un tableau original
de Lagrenée. *Exécution très-remarquable.*
Haut. 3ᵐ 00, larg. 2ᵐ 00.

2 — **PANNEAU** à personnages, *Télémaque percé
des flèches de l'Amour*. Exécution très-fine.
Haut. 2ᵐ 45, larg. 2ᵐ 00.

3 — **LA VENDANGE.** Panneau à six personnages,
d'après Boucher. Très-belle exécution. Haut.
2ᵐ 70, larg. 2ᵐ 10.

4 — **PANNEAU** d'après Boucher, *Bergère endor-
mie*. Tapisserie très-fine. Haut. 2ᵐ 10, larg.
1ᵐ 20.

5 — **PANNEAU** à six personnages. *Enfants jouant au Cheval-fondu*. Haut. 2ᵐ00, larg. 2ᵐ35.

6 — **PANNEAU** à cinq personnages. *Scène de Vendange*. Haut. 2ᵐ40, larg. 2ᵐ00.

7 — **PANNEAU** à cinq personnages. *Aventures de Télémaque*. Haut. 2ᵐ50, larg. 1ᵐ60.

8 — **PANNEAU** paysage, *Troupeaux et Ruines*. Haut. 2ᵐ45, larg. 3ᵐ12.

9 — **PANNEAU** à personnages, *sujet chinois*. Haut. 2ᵐ00, larg. 1ᵐ00.

10 — **LA CHASSE**. Panneau décoratif, paysage et attributs, bordure d'ornements Louis XVI, entourage vert d'eau. Haut. 2ᵐ60, larg. 1ᵐ60.

11 — **LA PÊCHE**. Panneau décoratif faisant pendant au précédent. Haut. 2ᵐ60, larg. 1ᵐ60.

12 — **POMONE**. Panneau décoratif style Louis XVI, exécuté d'après une peinture originale de l'époque, entourage bleu de Sèvres. Exécution très-fine. Haut. 2ᵐ25, larg. 1ᵐ30.

13 — **L'EUROPE**. Panneau à attributs. Haut 2^m90, larg. 1^m40.

14 — **L'AFRIQUE.** Panneau à attributs, faisant pendant au précédent. Haut. 2^m90, larg. 1^m40.

15 — **PANNEAU** style Louis XVI, médaillon *Fables de Lafontaine*, rinceaux et fleurs, entourage grenat. Haut. 2^m60, larg. 1^m70.

16 — **PANNEAU** faisant pendant au précédent.

17 — **GRAND PANNEAU** décoratif, attributs, ornements et fleurs sur fond crème, entourage paille. 3^m25, larg. 3^m35.

18 — Panneau à vases et rinceaux Louis XVI, sur fond gris, entourage vert d'eau. Haut 4^m00, larg. 1^m55.

19 — Panneau Louis XVI, vases et ornements. Haut. 3^m30, larg. 1^m40.

PORTIÈRES EN TAPISSERIE D'AUBUSSON

20 — Deux Portières en tapisserie, fond gris, entourage cramoisi, bouquets de fleurs soutenus par des branches de feuillages. Haut. 2^{m}80, larg. 1^{m}20 chacune.

21 — Deux Portières, fleurs et feuillages sur fond gris. Hauteur 3^m, larg. 1^{m}10.

22 — Deux Portières branches de lauriers, ornements et fleurs, fond gris, entourage vert d'eau. Haut. 3^{m}15, larg. 1^{m}10.

23 — Deux grandes Portières, même dessin. Haut. 3^{m}75, larg. 1^{m}15.

24 — Une Portière, style Louis XVI, entourage cramoisi. Haut. 3^m, larg. 1^{m}20.

25 — Deux Portières, style Louis XIV, fond gris et cramoisi. Haut. 3^{m}10, larg. 1^{m}15.

26 — Une Paire semblable.

27 — Une paire de Portières fond gris, attributs, fleurs et ornements. Haut. 3^m, larg. 1^m.

28 — Une Paire semblable.

29 — Une Paire semblable.

30 — Une paire de Portières, corbeilles et rinceaux. Haut. 3^{m}22, larg. 1^{m}25.

31 — Une paire de Portières, style Louis XVI, avec médaillons cameés. Haut. 2^{m}90, larg. 1^{m}10.

32 — Une paire de Portières, fond vert d'eau, guirlandes de fleurs. Haut. 3^m, larg. 1^{m}15.

33 — Une belle paire de Portières Louis XVI, fond gris argent, entourage vert d'eau. Haut. 3^{m}45, larg. 1^{m}70.

34 — Une paire de Portières très-fines, fond paille. vases de fleurs et rinceaux, Louis XVI. Haut. 3ᵐ45, larg. 1ᵐ55.

35 — Une Paire semblable.

36 — Une fort belle paire de Portières, médaillons et couronnes de fleurs. Haut. 3ᵐ65, larg. 1ᵐ50.

37 — Une paire de Portières, verdures et oiseaux. Haut. 3ᵐ20, larg. 1ᵐ30.

38 — Une Portière, branches de roses sur fond vert rayé d'or. Haut. 3ᵐ30, larg. 1ᵐ25₀

39 — Une Portière, bruyères et guirlandes sur fond vert d'eau. Haut. 3ᵐ10, larg. 1ᵐ50.

CANTONNIÈRES ET LAMBREQUINS

40 — Une Cantonnière Louis XV, entourage vert.
41 — Id. fond gris, liserons et ornements.
42 — Id. Louis XIV, entourage rouge.
43 — Id. Louis XIV, entourage rouge.
44 — Id. entourage gros vert, groupes de fruits.
45 — Id. Louis XIV, entourage vert d'eau.
46 — Id. Louis XIV, entourage vert d'eau.
47 — Id. Louis XIV, fond noisette.
48 — Id. Louis XIV, fond gris, entourage vert d'eau.
49 — Id. Louis XIV, fond gris, entourage vert d'eau.
50 — Id. ornements et fleurs, entourage rouge.
51 — Id. fond blanc, entourage vert d'eau.
52 — Id. Louis XV, entourage vert d'eau.
53 — Id. fond reséda, entourage cramoisi.
54 — Id. Louis XVI, entourage cramoisi.

55 — Une Cantonnière, style Louis XIV, entourage
rouge.
56 —   Id.   branches de bruyère, sur fond vert d'eau.
57 —   Id.   têtes d'animaux et rinceaux Louis XIV.
58 —   Id.   entourage cramoisi, ornements et fleurs.
59 —   Id.   semblable.
60 — Une Cantonnière très-fine, dessin à draperies
bleues et guirlandes de fleurs, caryatides et
camées grisailles.
61 — Deux Lambrequins, têtes de lion, fonds verts
et blancs.
62 — Deux Lambrequins, guirlandes sur fond gris.
63 — Deux Lambrequins guirlandes sur fond vert.
64 — Deux Cantonnières cintrées, style Louis XV, entourage bleu.
65 — Deux Cantonnières cintrées, dessin semblable.
66 —   Id.   dessin semblable.
67 —   Id.   doublée et garnie.
68 — Une pièce de Tapisserie pour tentures, arabesques sur fond noir. 3^m 55 sur 2^m 80.

TAPIS DE TABLE EN TAPISSERIE

69 — Un Tapis de table, milieu à fleurs, entourage à
ornements, style Louis XIV. 1^{m}70 sur 1^{m}70.
70 — Un Tapis de table, guirlandes de fleurs sur fond
vert d'eau. 2^m sur 2^m.
71 — Un Tapis de table, fond vert à fleurs. 1^{m}80 sur 1^{m}40.
72 — Un Tapis de table, ornements et épis sur fond
rose, style Louis XVI. 1^{m}80 sur 1^{m}80.

73 — Un Tapis de table fond vert, médaillon blanc. style Louis XVI. 2^m sur 1^m90.

74 — Un Tapis de table, attributs et trophées Louis XVI, sur fond blanc, entourage rose de Chine. 1^m50 sur 1^m30.

75 — Un Tapis de table, médaillon à trophées, guirlandes de marguerites. 1^m65 sur 1^m65.

—

CARPETTES ET FOYERS VELOUTÉS

76 — Une Carpette veloutée savonnerie, a point noué. d'une grande finesse, dessin Alhambra. 2^m sur 2^m.

77 — Un Foyer velouté savonnerie, style Renaissance. 1^m90 sur 1^m10.

78 — Un Foyer prie-Dieu velouté savonnerie, corbeille de fleurs sur fond bleu.

79 — Un Foyer prie-Dieu velouté savonnerie, corbeille de fleurs sur fond rouge.

80 — Un Foyer dessin Smyrne velouté.

—

MEUBLES SAVONNERIE

81 — Un Canapé velours savonnerie point noué, d'une grande finesse de réduction, Fleurs et rinceaux Louis XVI, sur fond gris.

82 — Un Fauteuil, allant avec le Canapé.

ÉCRANS EN TAPISSERIE

83 — Un Ecran, personnages (*le Menuet*).

84 — Un Ecran Louis XIV, reproduction d'une peinture de l'époque, perroquet, arabesques sur fonds de nuances sombres.

———

TAPISSERIES POUR MEUBLES

FAUTEUILS, CHAISES

85 — Meuble de boudoir, style Louis XVI, dessin camaïeu bleu sur fond crème, composé d'une Causeuse et deux Fauteuils.

86 — Meuble de salon, style Louis XVI, sur champ cramoisi, composé de : un Canapé, médaillon, *Fables de Lafontaine*, deux Fauteuils, Médaillons, Attributs et Fleurs; deux Chaises simples, Attributs et Fleurs.

87 — Un Fauteuil en tapisserie très-fine, *Fables* d'après Oudry, Cadre, ornements d'or sur fond vert bronze.

88 — Un Fauteuil paysage, *Fables de La Fontaine*. Exécution très-fine.

89 — Un Fauteuil à personnages (Patineurs), médaillon, Louis XV, sur champ vert d'eau.

90 — Deux Fauteuils en tapisserie fine Louis XVI, fond gris, vases et ornements.

91 — Deux Fauteuils, médaillons Louis XVI, sur champ vert d'eau.

92 — Deux Fauteuils variés, style Louis XVI. entourage rouge.

93 — Deux Fauteuils, branches de bruyère, sur fond vert d'eau.

94 — Deux Fauteuils et une Chaise en tapisserie fine, entourage vert d'eau, médaillon Louis XVI à panière et draperies.

95 — Deux Fauteuils fins Louis XVI. entourage cramoisi.

96 — Deux Fauteuils fonds variés, style Louis XVI.

97 — Deux Fauteuils Louis XIV, entourage rouge.

98 — Deux Fauteuils, fonds variés gris et bleu, entourage d'aubépines.

99 — Deux Fauteuils variés, style Louis XVI, entourage vert d'eau.

100 — Deux Fauteuils variés, fond gris, ornements et bouquets.

101 — Un Fauteuil Louis XVI, à trophées, entourage bleu.

102 — Deux Fauteuils, médaillons Louis XVI, à trophées.

103 — Deux Fauteuils Louis XVI, entourage rouge.

104 — Deux Fauteuils Louis XVI, entourage rouge.

105 — Deux Fauteuils, entourage vert d'eau, Louis XVI.

106 — Quatre Fauteuils, bouquets de fleurs d'une très-belle exécution sur fond blanc, entourage à guirlande sur champs variés.

107 — Deux Fauteuils, même dessin, fonds variés.

108 — Chaises, dessins assortis.

109 — Deux Fauteuils, bouquets sur fond uni.

110 — Deux Chaises, bouquets sur fond uni.

111 — Un Fauteuil et une Chaise, rubans et vases, sur fond blanc.

112 — Un Fauteuil et une Chaise, médaillon paysage, entourage gris.

113 — Deux Fauteuils, trophées et fleurs, médaillons Louis XVI, champ vert d'eau.

114 — Deux Fauteuils variés, trophées et fleurs, médaillon Louis XVI, champ vert d'eau.

115 — Deux Fauteuils attributs de pêche, entourage vert.

116 — Deux Chaises, attributs de pêche, entourage vert.

117 — Deux Fauteuils.

118 — Quatre petits Fauteuils, médaillon Louis XIV, entourage vert d'eau.

119 — Deux Fauteuils, médaillon Louis XIV, entourage vert d'eau.

120 — Deux Chaises, médaillons Louis XIV, entourage vert d'eau.

121 — Quatre Chaises Louis XIV, entourage rouge.

122 — Deux Fauteuils, même dessin, fonds variés.

123 — Deux Fauteuils, draperies Louis XIV et bouquets.

124 — Deux Fauteuils, médaillons gris champ cramoisi, style Louis XIV.

125 — Deux Fauteuils, même dessin, fonds variés.

126 — Deux Fauteuils, guirlandes de fleurs, fond rouge.

127 — Deux Fauteuils, même dessin, fond vert bronze.

128 — Un Fauteuil et une Chaise, trophées Louis XVI, entourage cramoisi.

129 — Trois Fauteuils et deux Chaises, médaillon Louis XV, champ grenat.

130 — Deux Fauteuils, même dessin, champ bleu-clair.

131 — Deux Fauteuils variés Louis XVI, entourage rouge.

132 — Quatre Fauteuils Renaissance, chimères et grisailles sur fonds variés.

133 — Deux Fauteuils variés Louis XIV, entourage rouge.

134 — Deux Fauteuils variés Louis XIV, entourage vert.

135 — Deux Fauteuils Louis XVI, entourage vert d'eau.

136 — Deux Fauteuils, dessins et fonds variés, style Louis XVI.

137 — Quatre Fauteuils et quatre Chaises Louis XIV, médaillons variés et gris, entourage rouge.

138 — Deux Fauteuils Louis XIV, entourage vert d'eau.

139 — Deux Fauteuils variés, trophées et fleurs, entourage rouge.

140 — Deux Fauteuils médaillons, variés de couleurs, style Louis XIV.

141 — Deux Fauteuils Louis XVI, entourage vert.

142 — Deux Fauteuils Louis XIV, champ rouge.

143 — Deux Fauteuils variés, style Louis XIV, champ vert.

144 — Deux grands Fauteuils variés Louis XV, entourage vert.

145 — Deux Chaises, entourage havane, médaillons à fleurs et ornements.

146 — Deux Chaises, mêmes fonds, médaillons variés.

147 — Deux Fauteuils variés, entourage cramoisi.

148 — Deux Fauteuils Louis XIV, ornements de couleur fond vert.

149 — Deux Fauteuils trophées et fleurs Louis XVI, entourage rouge.

150 — Deux Fauteuils entourage vert, trophées Louis XVI.

151 — Deux Fauteuils Louis XV, fonds vert et cramoisi.

152 — Deux Fauteuils variés Louis XVI, fonds cramoisi et bleu.

153 — Deux Fauteuils variés, entourage cramoisi, Louis XIV.

154 — Deux Chaises, fonds et dessins variés, Louis XVI.

155 — Deux Fauteuils variés Louis XV, entourage vert d'eau.

156 — Deux Fauteuils fond gris, à médaillons.

157 — Un Fauteuil et une Chaise, fond cramoisi.

158 — Deux Fauteuils variés, fond rouge.

PEINTURES DÉCORATIVES

AYANT SERVI A L'EXÉCUTION DE TAPISSERIES ET COUPÉES

EN BANDES

159 — **Lagrenée**. Vulcain remet à Thétis les armes forgées pour Achille. Importante composition.

160 — **Lagrenée**. Le Char d'Apollon. Grand panneau.

161 — **Lagrenée**. Fragment d'une grande composition représentant l'Enlèvement d'Europe.

162 — **Jeaurat** (Signé). La Fête au village, grande composition, charlatans, jeux de macarons, danses, etc., etc.

163 — **Leclère** (Signé P.) ? *pinxit*. Halte des bergers à la fontaine. Grand panneau.

164 — **École française du XVIIIe siècle**. Scène de naufrage. Grand panneau attribué à Joseph VERNET. Haut. 2^m 80, larg. 4^m 65.

165 — **École française du XVIIIe siècle**. Oiseaux de basse-cour et Chat guettant des oiseaux. Panneau en hauteur, attribué à BACHELIER.

166 — **École française du XVIIIe siècle**. Le Moulin à eau, avec groupe de trois personnages sur la gauche. Panneau, haut. 2^m 85, larg. 2^m 70.

167 — **École française du XVIIIe siècle.** Dame et
Chasseur dans un bois, costumes Louis XV.
Haut. 2m 85, larg. 1m 75.

168 — **École française du XVIIIe siècle.** Le Menuet.
Grande composition Louis XV. Haut. 2m 80.
larg. 4m 70.

169 — **École française du XVIIIe siècle.** La Balan-
çoire.Grand panneau Louis XV, avec terrasse,
parc, etc.

170 — **École française du XVIIIe siècle.** Cour intérieure
de ferme. Panneau, haut. 2m 40, larg. 2m 85.

171 — **École française du XVIIIe siècle.** La Parade
des bateleurs. Grande composition Louis XV.

172 — **École française du XVIIIe siècle.** Paysage avec
rivière traversée par un pont, figures au pre-
mier plan.

173 — **École française du XVIIIe siècle.** Cheval à
l'abreuvoir.

174 — **École française du XVIIIe siècle.** La Partie de
quilles. Grande composition dans le goût fla-
mand.

175 — **École française du XVIIIe siècle.** La Sortie des
bestiaux de la ferme. Grand panneau.

176 — **Ecole française du XVIIIe siècle.** Paysage.
Cascade. Pont. Bestiaux. Très-grand panneau.

177 — **École française du XVIIIe siècle.** Télémaque
dans l'île de Calypso. Grand panneau.

178 — **École française du XVIIIe siècle.** Panneau
incomplet, Vertumne et Pomone.

179 — **Ecole française du XVIIIe siècle.** Le Jeu de
balle. Deux panneaux.

180 — Panneau moderne. Scène russe. traîneau attaqué
par les loups.

DESSUS DE PORTES

ET PETITS PANNEAUX MONTÉS SUR CHASSIS

181 — *Les Dénicheurs d'oiseaux*, charmant dessus de porte, de forme contournée, attribué à C.-M.-A. CHALLE.

182 — Dessus de porte (*Fable de La Fontaine*), dans un Médaillon placé au milieu de guirlande et ornements, dans le style de GILLOT.

183 — Deux Dessus de porte Louis XVI. Corbeilles de fleurs, guirlandes et arabesques sur fond blanc. Jolies peintures attribuées à LERICHE.

184 — Dessus de porte analogue aux deux précédents. Médaillon en grisaille, arabesques, perles, draperies et fleurs, fond blanc.

185 — Dessus de porte (*la Balançoire*). Scène enfantine attribué à Mme VALLAYER-COSTER.

186 — Dessus de porte (*la petite Chevrière*), attribué à J.-B. HUET.

187 — Petit Panneau. Paysage encadré d'une guirlande de fleurs.

188 — Petit Panneau. Perroquet, oiseau, ornements, rocaille et fleurs.

Vos RENOU, MAULDE et COCK, impr· de la Compagnie des Commissaires-Priseurs, rue de Rivoli 111.   2204